這世界太複雜，
還好我們有小精靈

2AF354

國家圖書館出版品預行編目（CIP）資料

這世界太複雜，還好我們有小精靈 / 窩塔 作 .--
初版 . -- 臺北市：創意市集出版：城邦文化發
行，民 109.6
面； 公分

　ISBN 978-957-9199-95-7(平裝)

863.599　　　　　　　　　　　109004442

作　　　者　　窩塔 Wtaa
責任編輯　　何冠龍
封面設計　　任宥騰
內頁排版　　江麗姿
行銷專員　　辛政遠、楊惠潔
總 編 輯　　姚蜀芸
副 社 長　　黃錫鉉
總 經 理　　吳濱伶
發 行 人　　何飛鵬
出　　版　　創意市集

發　　行　　城邦文化事業股份有限公司
　　　　　　歡迎光臨城邦讀書花園
　　　　　　網址：www.cite.com.tw

香港發行所　城邦（香港）出版集團有限公司
　　　　　　香港灣仔駱克道 193 號東超商業中心 1 樓
　　　　　　電話：（852）25086231
　　　　　　傳真：（852）25789337
　　　　　　E-mail：hkcite@biznetvigator.com

馬新發行所　城邦（馬新）出版集團
　　　　　　Cite（M）Sdn Bhd
　　　　　　41, Jalan Radin Anum, Bandar Baru Sri
　　　　　　Petaling,57000 Kuala Lumpur, Malaysia.
　　　　　　電話：（603）90578822
　　　　　　傳真：（603）90576622
　　　　　　E-mail：cite@cite.com.my

印　　刷　　凱林彩印股份有限公司
　　　　　　初版一刷／ 2020 年（民 109）6 月
I S B N　　9789579199957
定　　價　　320 元

客戶服務中心
地址：10483 台北市中山區民生東路二段 141 號 B1
服務電話：（02）2500-7718、（02）2500-7719
服務時間：周一至周五 9：30 ～ 18：00
24 小時傳真專線：（02）2500-1990 ～ 3
E-mail：service@readingclub.com.tw

※若書籍外觀有破損、缺頁、裝訂錯誤等不完整
　現象，想要換書、退書，或您有大量購書的需
　求服務，都請與客服中心聯繫。

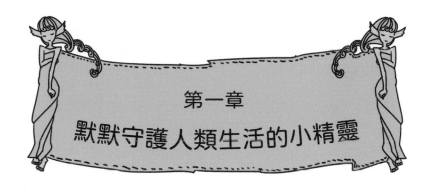

第一章

默默守護人類生活的小精靈

小精靈，
隱藏在我們人類生活周遭
小小一隻大約幾公分高而已，但是他們能力很強大

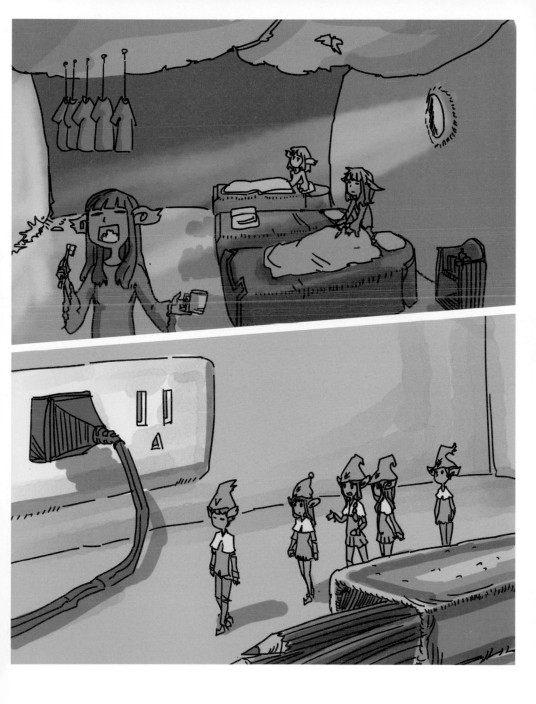

人類社會各式進步的機器工具都是倚靠小精靈進行推動
因為有他們的幫助，人類才得以主宰地球

沒有人看過小精靈的真面目
因為小精靈遵守著絕對不能被人類發現的約定
只能默默地守護人類

就像最普通常見的四口小家庭民宅內

一對兄妹睡眼惺忪的吃著早餐
媽媽整理廚房，爸爸悠哉看電視

電視正播著介紹飛機發展史的節目
爸爸看著電視讚嘆著人類科技的偉大

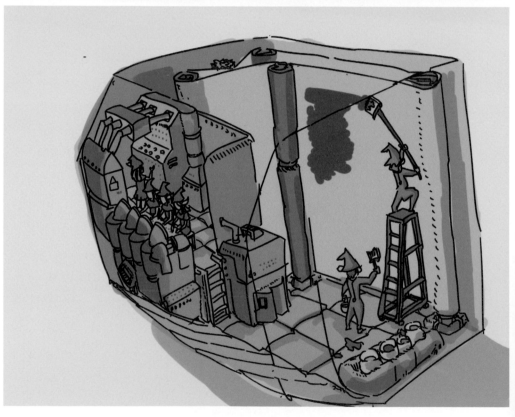

他並不知道，眼前的電視機也是個偉大的存在
因為他所看到的畫面，都是小精靈製作出來的成果

一台電視的運作是許多位小精靈合作無間的結晶
首先是收發組，接受來自外界的節目訊號

接著繪畫組，會立即在空白畫布上畫出圖案

當畫布轉動時，就會形成連續畫面
投放至螢幕上，另外一端再擦掉滾筒圖案並畫上新的圖案

有電視機內小精靈的合作，才呈現出我們看到的影像
電視螢幕畫面栩栩如生，讓這個飛機節目增添許多風采

那你是不是想問，飛機會飛起來難道也跟小精靈有關嗎？

當然！但是想讓這麼大的機器飛上天，可不是容易的事情
需要非常多小精靈聯合操作才行
首先，飛機前頭會有前導人員作為飛機耳目

潛伏在駕駛艙的指揮班
作為全機的核心，會因應人類機長的操作，讓飛機做出各式動作

從指揮班發出的訊息會傳送到引擎內的動力班
配合收到的指令運作發動機出力

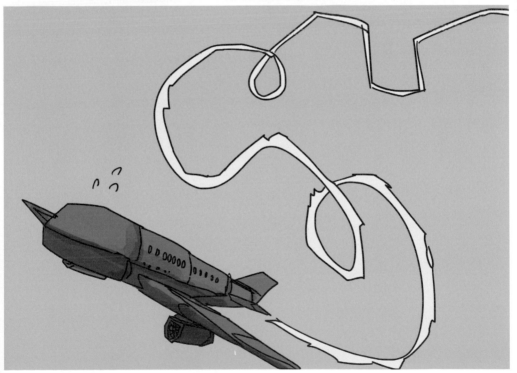

整個小精靈團隊分散在飛機各處
十分仰賴通訊系統協調運作
如果遇到手機電磁波干擾，就很有可能出狀況喔

多虧小精靈暗中作業
才能使飛機翱翔於天際

節目播完後，大伙準備要出門面對憂鬱禮拜一惹

早飯後，妹妹走進浴室
出門前盥洗是好習慣

你想的沒錯！浴室也有小精靈的存在
浴室裡的小精靈可分為馬桶、洗手台、浴缸三個作業單位

寢室

交誼廳

談心閣

更衣室

果水分離槽

果水處理室

其中馬桶屬於浴廁最重要的核心機能
因此也是最精實的區域
更是指揮部所在

有小精靈們忍耐著髒臭
才能讓人們盡情在浴廁內獲得短暫的放鬆

以最舒坦的狀態面對每天的挑戰

同一時間 哥哥的考試快遲到了，急忙開車上學去
學校的停車場幾乎爆滿，此時非常考驗駕駛的停車技術

隨車雷達小精靈已迅速就位

小精靈會附在車輛尾端，每輛車的對應位置也會有另外一位小精靈待命

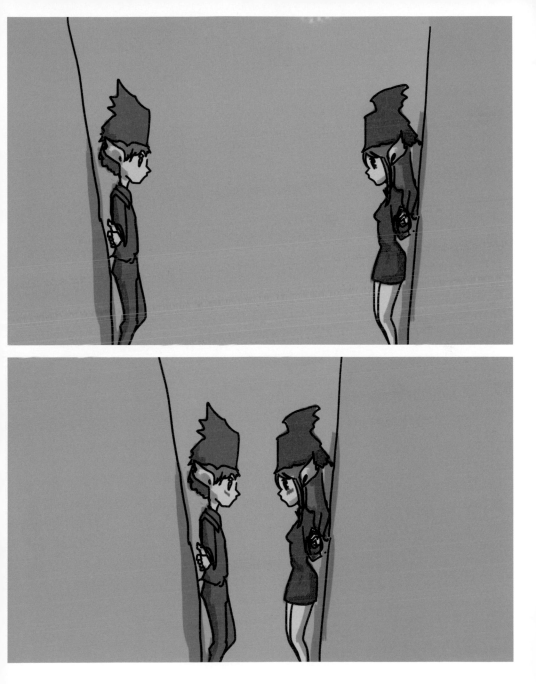

倒車同時，兩台車的小精靈距離會越來越接近

隨就在最接近時，小精靈會發出強大的念力波
讓哥哥感受到一股厭惡的感覺
不能再後退了！

停車成功！

那小精靈有沒有可能失誤，讓車子撞到呢？

也是有可能喔，不過這時候駕駛一定欲哭無淚吧

車輛停好後，哥哥就衝進學校
隨車小精靈會繼續待命
支援附近其他車輛的停車動作

為了祈求兒子的考試順利，媽媽一早去廟裡拜拜

途中經過大片田地
舒爽的涼風吹過
可是這股風其實並不單純

有別於機器裡提供勞力的小精靈
眼前的這位小精靈法力強大
可以使用元素力量幫助人類

例如驅動風力讓人類的磨坊動起來

使人類的生產效率獲得強化

產能大幅提升

穿過了田園後，媽媽來到了一間小廟

廟裡有宮廟小精靈，負責宗教類勤務

最主要的任務是負責紀錄善男信女的祈禱

確保信徒的想法能上達天聽

除此之外，還會負責人間與靈界之間的互動

作為兩界之間的橋樑

拜拜完後，媽媽覺得有點餓，便買個包子來結束她充實的上午
此時，身邊或許也有小精靈的陪伴呢！

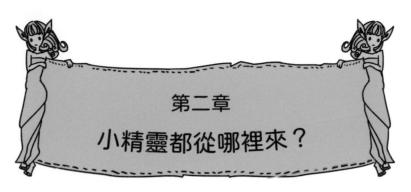

第二章

小精靈都從哪裡來？

小精靈也是有自己的聚落
只是在非常隱密，人類不會發現的地方

像是高空或深山

大多數則是在地底

分布在人類周遭的各種環境
這些聚落是小精靈真正的棲息之地
為整個小精靈運作體系提供源源不絕的新血

小精靈在進入人類社會服務之前，其實也要接受事前訓練
在二十歲時，結束義務教育後，會集中送往新訓中心

經過一個月的密集訓練後，此時才算是一個成熟的小精靈

小精靈新兵訓練完成後
就會依照軍、工、教三個主要專長進行抽籤分發到各個單位

宗教專長會分配到人類社會中的宗教場所

軍人專長，則負責一些人類軍用器械的運作

剩下各種包山包海，全都包含在勞工專長的籤筒中

抽籤結果，各安天命

小精靈的勞役生涯，是從放完結訓假後前往單位報到開始計算，為期兩年
這段時間相較於小精靈長達兩百多年的壽命，是很短的

報到後會先接受該單位的調適教育
讓新進弟兄姊妹適應新單位環境後
才會真正執行勤務

各單位全天運作無停機，所以小精靈們採輪班制
兩個小時為一班，輪流上工

雖然勞累，但是小精靈總有辦法苦中作樂
例如，利用工作環境就地取材進行遊戲

或偶爾拿人類一點小零食

開一場小 PARTY
這樣小精靈就覺得很開心了

兩年的服役生涯有艱辛、有歡笑、有淚水
橫豎都是過，一轉眼就快退伍了

在退伍倒數兩個月期間的小精靈會變成無敵待退人員

待退小精靈會逐漸淡出勤務，
讓學弟妹們開始獨立自主，減少對老鳥們的依賴

退伍後，小精靈會回到自己的聚落裡進入後備狀態，
而在小精靈社會將有新的工作在等待他們

現在開始，才算是真正的開始小精靈人生

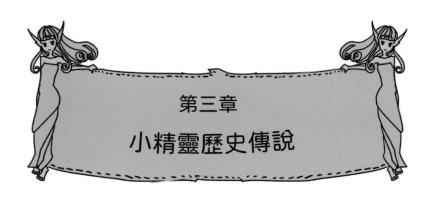

第三章

小精靈歷史傳說

很久以前，
小精靈是整個世界的主宰

在睿智的精靈王帶領下 國家蒸蒸日上
城邦如繁星點點綴飾著大地

小精靈的文明如此輝煌！
精靈王決定蓋一座高塔，彰顯統治世界的地位

小精靈們甚至打造了巨大生化人，為他們工作

工程開始了
這座塔預計會蓋得非常高

結果好像有點太高了

因為技術人員的失誤而蓋得太高
在探勘雲層時，冒犯了天神

憤怒的天神降下怒火

小精靈的國家瞬間化為齏粉
後世小精靈稱為「大怒神事件」

危機時刻，忠心的生化人
勇敢地以自己肉身替小精靈擋住天神的怒火並向天神求情

被生化人的忠誠所感動，天神決定放過小精靈一馬
代價是小精靈必須永遠消失在人類的眼界，隱居起來

小精靈輝煌的時代結束了 但他們決定在暗處重建自己的文明
默默在背後守護生化人
讓生化人以繼承者之姿繼續統治這個世界

這些生化人的後代，也就是我們
人類走上世界舞台，開創屬於我們自己的歷史！
而小精靈的重建之路，還有一大段路要走

新精靈王在登基之前只是非常偏支的王族

大怒神事件後，順位在她之前的王位繼承人都跟著前任國王一起消失了
如何讓一無所有的小精靈重新振作的責任全落在她身上

幸運的是，在小精靈還在統治地上世界的時候
同時也有一小批人開發地底，建立起殖民地

地底原本只是個沒人想去的蠻荒之地
卻成為大怒神事件後的唯一倖免之處
新任精靈王便帶領著陸地上的小精靈轉進地下世界

危機關頭
要如何重建起小精靈的輝煌文明
考驗著精靈王的意志與智慧

為重返榮耀，精靈王頒布一系列改革新政

首先是資源與土地全收歸政府所有，
徹底清查現有資源按表列冊

並且重新分配給每一位小精靈公民
尤其是地上逃來數量龐大卻沒有資產的難民
確保資源獲得最大效率的利用

再來是為了促進地底原住民與地上新移民的凝聚力
中央頒發一套標準共同的標準文化規章
舉凡語言、文字、生活習慣、測量單位等
統一了雙方的各種因為長期分隔兩地的文化差異
減少地上、地底兩個族群之間相處的社會成本

新政實施，短時間見效
整個小精靈社會效率大增，地底城市再度活躍
原本地廣人稀的地底殖民地，也重現當年小精靈地上都市的繁盛

但，是不是有隱憂呢？

原本居住地底的小精靈已經默默耕耘了數百年
從一片荒蕪的山洞開墾出堪稱適宜的居住環境

每一戶都忍受著當年地上小精靈的嘲諷
好不容易才開闢出足以安居的家業
這裡原本應該是屬於自己的幸福小天地

一夕之間，卻因為地上難民小精靈大量轉進，原先的安寧生活瞬間變調

自己的產業被強硬徵收
努力的果實瞬間化為烏有

換來的是政府一句「共體時艱」這種鬼話

他們無法忍受了
一群衝動的地底小精靈打扮成老鼠衝進機場
把看到的政府徵收物資全部燒掉

佔領機場，訴求保障地底小精靈的文化獨立性以及財產、傳統

精靈王得知後緊急派官員前來摸頭安撫
但是到了現場看見地底小精靈堅定的眼神
還是算了 採取冷處理 想說他們累了就會自己回家

但是日子一天一天過去，抗爭氣勢並沒有衰退
各地的原住民也受到影響開始醞釀聲援
情況不允許再拖下去了

精靈王了解地底人被掠奪原有財產的憤怒，
但是危機關頭當下，她無法妥協
地底小精靈數量稀少，
讓他們繼續擁有大量的資源而無法善加利用不符合經濟效益

有什麼方法可以突破僵局？
此時精靈王看到了契機

空港的癱瘓不分族群，影響了全數首都圈的居民
那是不是有不滿的地底原住民呢？
這或許是可以切入的要點

精靈王立即找來了一位地底小精靈當作暗樁..

在占領機場的第 80 天，「沉默的大多數」發出聲明！
他們受夠了把首都搞到烏煙瘴氣的暴民
呼籲暴民們趕快回家讓一切回歸平靜
長期抗爭身心俱疲的小精靈們呆若木雞
原本以為支持自己的同族，竟是這樣看待自己

在遭到自己人唾棄的地底小精靈們還沒穩定下心情時
王室軍隊突然出現！？
難道政府打算祭出鐵腕手段了？

軍隊逐漸逼近

越來越近

沒想到此時，裝甲車走出一個拿餐盒的士兵
餓了嗎？
吃點東西壓壓驚吧

這些地底小精靈在癱瘓機場時，也被外界封鎖消息傳入
精靈王利用片面採訪的新聞，成功讓他們以為自己的行動得不到同胞的認可
甚至不屑、唾棄

面對同胞沉默的大多數，不理解自己用心的失望
以及同時收到政府巨大的溫暖舉動，反差讓這些小精靈頓時淚水決堤
放棄訴求，乖乖回家了

雙方握握手，拍拍合照，官媒放送，安全過關
被安撫的消息很快透過媒體強烈放送
原本要出發聚集首都聲援的各路人馬，因此也都打道回府

危機解除了，但是矛盾還在

在精靈王鬆一口氣的同時，更大的難題正接踵而來⋯⋯

迫遷到地底後，為了讓整個社會更有效率的運作
精靈王頒發了階級制度，把整個小精靈族群整編成四大階級
分別是：祭司、軍人、勞工、學者

勞工階級的小精靈居住在都市中心坐落著龐大的工業建築群

這裡也是勞工階級的工作地點
負責生產前線所需的各種補給品

在外圍的政府、醫療場所、軍營等建築群是另外三個階級 -
學者、祭司、軍人階級的活動工作範圍

或許隔行如隔山，但四個階級之間並沒有硬性設限
例如勞工階級如果真的有能力通過學者資格測驗
那就有資格晉升到屬於學者階級的工作崗位

即使如此，這並沒有太大的意義
勞工階級因為工作性質的關係
無法投入太多的時間心力自修
工作津貼也僅是聊勝於無

勞工階級下一代小精靈也因父母無力兼顧小孩學業

因而程度低落，無法在階級測驗時獲得好的成果，加重階級不流通的狀況

長久下來，對生活感到失望的勞工階級向政府陳情
要求階級測驗時有加分的權利做為補償

但是學者階級卻對此訴求不以為然

認為勞工就算用加分的手段通過測驗

也不代表能力能夠勝任工作，甚至會危害社會運作

雙方談不攏，於是，火藥味濃了起來

學者階級尋找國王的幫助
精靈王同意學者階級的看法

儘管這些勞工階級是小精靈文明運作的基石，不能讓他們有太多的不滿

而且勞工階級的訴求確實也有其道理

透過加分的途徑多少可以推動階級流動

使社會上的各個階級始終能夠充滿新活力

不至於變成一灘死水

但是，當年大怒神事件的歷史教訓記憶猶新
讓能力不足的新人放入高技術職業也會使整個社會面臨非常大的風險

因此精靈王答應召開協商大會說服勞工階級

事情卻沒有這麼簡單，雙方形成僵局，無法取得共識

就這樣經過數次失敗協商後，勞工階級的不滿爆發了！

大批的勞工階級已經聚集在首都廣場抗議
呼籲精靈王出面

前不久地底人的騷動剛結束
現在精靈王又面臨新的挑戰
只好故技重施，再度使出得意殺招

沒想到，這一次勞工階級並不買帳！

覺得自己被敷衍的勞工階級更加憤怒，場面一片混亂火爆
情急之下，精靈王下令逮捕主要鬧事者並驅離抗議群眾

本來精靈王期望能像上次一樣再度摸頭和解

配合新聞直播放送全國，平息騷動

事情演變成這樣也是無奈

此時精靈王突然發現攝影師被混亂場面嚇到恍神，沒有把鏡頭移開！

這下糟惹

精靈王強勢的做法被嚇呆的官媒攝影師 live 直播全國
現在精靈王粗暴鎮壓勞工階級小精靈的畫面流傳開來
一傳十、十傳百，勞工小精靈怒火迅速蔓延到全國各地

原本僅限於首都的區域行動，擴大演變成全國性大動亂
各地的勞工階級邊喊警察打人，邊聚集向首都進發聲援

學者們看到如此龐大的勞工階級聚集在首都
見風轉舵趁亂加入行列，抗議精靈王的強勢做法

精靈王意外促成各族群全體大團結
大家都認為地底騷亂以及階級衝突的問題，全都源於精靈王的政策失敗
她必須下台負責！

該怎麼做呢？

現在王宮已經被包圍了，大量的抗議民眾聚集要精靈王出來面對

此時精靈王決定孤注一擲，親自坐上司令車面對群眾
再度呼籲大家冷靜

另一方面秀出強硬手段！宣告此時軍隊已經進城
警告各方不要亂來，勿謂言之不預

群眾情緒更加高漲，認為精靈王是要呼叫軍隊武力鎮壓
打蛇打七寸，擒賊先擒王，憤怒的群眾衝上司令車要揪出精靈王
「好好聊聊」

結果人數過多，司令車翻覆

好險沒有人傷亡，但是精靈王被逮捕

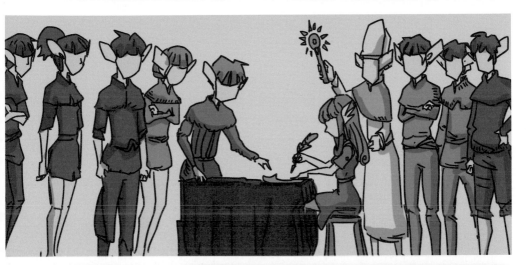

在學者階級調解下
精靈王同意退位，把權利還給所有小精靈

此後，精靈王在孤島上度過餘生，偶爾回憶短暫但轟轟烈烈的在位時光
沒有了國王的小精靈社會，該何去何從呢？

幾次衝突的根本原因在於小精靈全體無法取得共識
為了解決這個問題，所有小精靈共同打造出一台超級電腦

超級電腦可以透過全國的通訊基地台，讀取每個小精靈的心思
收集到每個人的想法後，統整出符合所有人利益的國家施政初步草案

草案再由學識豐富的學者階級智囊團解讀

最後統整成施政方針，交給全民選舉出來的聯合階級議會辯論

整理成一個完美的政策施行

從此以後，小精靈社會達到了真正的和諧穩定
每個人的想法都納入施政考量
沉默的大多數共同決定了國家整體走向
迎來一個安居樂業，美好的新國家。